글나무 시선 19

달빛 면사포

KB194950

글나무 시선 19
달빛 면사포

저 자 | 이난희
발행자 | 오혜정
펴낸곳 | 글나무
주 소 | 서울시 은평구 진관2로 12, 912호(메이플카운티2차)
전 화 | 02)2272-6006
e-mail | wordtree@hanmail.net
등 록 | 1988년 9월 9일(제301-1988-095)

2024년 10월 25일 초판 인쇄 · 발행

ISBN 979-11-93913-12-3 03810

값 10,000원

달빛 면사포

이난희 시집

하루하루 척박한 땅에서

가녀린 뿌리에 의지하던 삶에

어느 순간

싹이 트고 줄기가 자라더니

화사한 꽃 한 송이가 해맑게 피어났다.

밝은 햇살이 그리움을 머금고

하얗게 내린

안개 자욱한 도명산 자락

냇물을 바라보는 캠프장 한 곁에

굳건히 자리 잡은 서어나무

눈 뜨면 보이는

이 나무를 보며 생각한다.

나도 이젠 나무가 된 것일까?

차
례

제1부. 자귀나무 아래

제2부. 달빛 면사포

차
례

이 난 희 시 집

제4부. 수암골에는

차
례

제5부. 구름의자에 앉아

이 난 희 시 집   달빛 면사포

제6부. 시들지 않는 꽃

제1부

자귀나무 아래

들판을 가로지르는 실개천 따라
시간이 흐르는데

자귀나무 아래

산비둘기 우는 소리
먼 계곡에서 들려오면
꽃향기 따라 저물어가는 하루

둥둥 뜬 꽃잎 껴안고
들판을 가로지르는 실개천 따라
시간이 흐르는데

달빛 내려앉은 정원 어디쯤
어느 돌 틈에서
귀뚜라미가 우는가

별빛 총총히 내리는 푸른 밤
자귀나무 아래 누워
시들어가는 꽃잎을 보네.

벙어리 나무

대나무 부딪는 소리는
사륵사륵
바람 타며 콧노래 흥얼흥얼

햇살 가득 머금은 물보라
세차게 파닥거리는
베토벤 월광소나타
피부를 타고 오르는 소오름

낡은 아파트 회벽에 기대
줄지어 선 나무들
가슴을 적시지 못하는
그들과 함께
멀뚱거리며 서 있는 나

세월을 물으니

정신이 깜박깜박하는 것은
기억하지 말라는 것이라는데
세월이 바람처럼 다가오는 것은
숨 한번 크게 쉬고
하늘을 보라는 것인지

지나가는 어르신께 물으면
주름진 얼굴 백발이라 말합니다
선생에게 물으니 흘러가는 강물이라고 하고
바람에게 물으면 구름이라 하니

모두 한결같이 덧없다 허무하다 하는 건데
벽시계에 물으니 수고한 결과라 합니다.

미장원

언제나 긴 머리가 좋은데
미장원 원장님 말씀
요즘 유행하는 머리로
세상을 바꾸실래요
아무리 세상이 바뀌어도
바꾸기 싫은 게 있는데
유행과 아랑곳없이
한결같은 머리 스타일
고맙지만 바꿀 수가 없어요
그동안에 쓸데없이 자란
세월의 잡초
머리 끝자락만 잘라주세요.

상처

스치는 소슬바람에
마음을 베인 사람들은
거리로 나서고

서걱거리는 갈숲에
상처 입은 바람은
노랫소리에 눈물을 삼킨다

허공에 묻어 둔
이름 하나
목 놓아 부르는 유행가

여름도 지나가리

아파트 창문에 매미 한 마리
보초를 선다

비밀스러운 공간에 허물 벗어놓고
해가 중천에 가도록
소리쳐 우는 사연

얼마나 기다리고 기다려야 하는지
풀리지 않는 수수께끼를 품고 사는
너와 나

산다는 건 말이지
도무지 기약할 수 없는 건가 봐.

까치밥

장독대 정화수 한 사발
그 아래에서
물 받아먹고 큰 새 한 마리
몸을 휘감는 바람 어쩌지 못해
먼 하늘로
날아간 이래
소낙비 맞아 온몸이 아파도
세찬 바람 부대끼며
빠알간 홍시 되어
다시 돌아오기만을 기다렸는데
차가운 장독대 아래
툭 떨어져
쭈글쭈글한 까치밥 한 개

옷을 태우는 여인

거명산 그리메 길게 드리우면
서둘러 호미를 씻고
조바심 내는 종종걸음 뒤로
늑대별이 따라왔어

문턱에 옹기종기 앉아 있는
어린 사 남매
치마폭에 감싸안을 때
당산나무에선가 부엉이가 울었지

부단히도 속 끓이던 사내
장사 치르고 옷가지를 태우던 날
들려오던 부엉이 소리

과거로 흘러간 그녀의 시간은
오늘도
기억을 지우듯 옷을 태운다.

그때 그 시절

긴긴 장마철에도 철부지 소녀는
빗방울과 함께 뛰어놀았다

슬레이트 지붕 타고 내리는 빗물
빨간 대야에 받아
검정고무신 돛단배놀이
여치·귀뚜라미 소리 따라
들판 가로지르기
사방팔방 도랑길 뛰어가기
땅바닥에 금 그어
손바닥 돌로 사방치기
햇볕에 그을린 까만 얼굴 맞대고
왁자지껄 수다 떨기
한여름 긴 해 산그림자에 얹히면
굴뚝에선
모락모락 연기 피어오르고
순이야~
난이야~
밥 먹으라는 소리 울려 퍼졌다.

고요한 봄날

풀잎 사이로 스며드는 봄비가
논둑에서 찰랑거립니다
지난가을 모든 것을 내어주고
텅 빈 가슴으로 겨울을 견뎌 온
휑한 논바닥 삶과
거뭇거뭇한 벌거숭이 산처럼
검버섯 핀 얼굴
하루하루 늙어감을 지켜본다는 것
모진 고문과 같이 느껴지지만
따스한 빛이 내리는 봄날
하나둘 새롭게 채워지는 대지를 보며
무언가 벅차올라
지그시 눈을 감았습니다.

유년시절

파란 하늘에 뭉게구름 내려와
구김살 없이 쏟아내는 오월
연둣빛 그리움 영글어져 베일을 걷고
희미한 얼굴을 내민다
빛바랜 엽서 한 장 시간에 퇴색되어
돌아온 하루가 그리워

친구야
사랑해!

그 시절 정겨운 만남이
흑백사진 되어
미루나무 그늘에 잠이 들고
달콤한 바람이 나무를 흔든다.

해님이여

매일 동녘을 붉히는
해님이여
누구의 시간을 마련하려
횃불을 드시는가!

환한 웃음으로
빛의 커튼을 여시는
정겨운 해님
누운 자리 개어
당신을 맞이합니다

저녁노을 물들 때까지
생각과 행동을
바르게 하여 주시고
간혹 미혹에 휩싸이면
명징하게 털어 주소서

그리하여
여명에 올린 약속이

환한 빛으로
거듭나게 하소서.

제2부

달빛 면사포

고요한 달빛 면사포 쓰고
너울너울 춤추는 낙엽

가을 단상

서어나무에 기대어
짙어가는 나뭇잎 사이로
높아가는 하늘을 봅니다

바람이
한바탕 나뭇가지를 흔들어
침묵을 깨우고 지나면
소식이라도 들을까
귀와 몸이 절로 기우는데

가슴에는 아무것도 없습니다
변한 듯한 눈빛과
서먹서먹해진 그림자도
하얗게 웃던 치아도
쉽게 내민 손조차

메아리 되어 가을이 오고
살갗 간질이는 바람 맞으며
서어나무에 기대어
눈부신 하늘을 봅니다.

꽃의 말

눈으로 보지 않아도
귀로 볼 수 있는 너

사는 것이 재밌냐고
물으면
널 볼 수 있어서라고
또 물으면
날 볼 수 있어서라고

너와 난
시들지 않는 꽃

달빛 면사포

마실 가는 길
연꽃 겹겹이 눈을 뜨자
앞산이 숨고
낙엽으로 덮인 길이 바스락바스락
이야기하자네

꽃보다 설레는 마음
일상의 너저분한 보따리 던져놓고
나무들의 속삭임에 귀 기울이는
순간

고요한 달빛 면사포 쓰고
너울너울 춤추는 낙엽

파란 별빛 밟으며 돌아와
창가에 앉으면
뒤따라와 노크하는
정갈한 그대의 미소

너에게 가는 길

초가을 햇살 소곤거리는
바다
곱게 피어난 물꽃
한 옥타브 높은 너의 목소리가
환한 미소에
곰삭아 내리면
풀썩 묻어나는 가을향기
바다가 보고 싶다던
꽃잎에 새겨진 얼굴 떠오르면
가슴 하나 가득
바다 풀꽃이 되어
파도를 넘고 섬을 지나서
너에게 가고 싶다.

유리창 밖 겨울비

싸락눈 내리다
하늘빛 어둡게 내려앉더니
추적추적 빗줄기 되어
우산을 적신다

한겨울 낯선 비
비로 변한 것이 서운하여
눈쁠이 우는 것인가

창밖 불빛에 스미는
스산한 사념에
앙상한 나무들 찬비 맞으며
묵묵히 서 있는 저녁

누구를 그리워하기에
비가 되었는지
지나는 바람은 아실까.

입술 댄 향기

겨울 구름 머물다 간 햇살
온기 데려오고
눈 쏟아낸 하늘
파랗게 맑은 마음에 비추면
찻물 따르는 소리
고요한 창밖
소박하게 피어나는 찻잔 속
연꽃 향기가
혀끝에 머무는 순간
번뇌 개어 두고
마음만 남기고 간다네.

바라다보기

가끔은
생각들 휴지통에 비우고
마음을 펼쳐 햇살에 말려야지
별스럽게
멀리 가지도 말고
사월과 오월 사이에
가만히 앉아
결이 달라지는 나무를
물끄러미 바라보는 거야.

목련꽃 보다

차가운 하늘 아래
하얀 속살 내민 그대

숨죽여 가만 보았더니
수줍어 고개 숙이네

맨발로 뛰어나오신
울엄니 환한 미소 품어

스미는 소소바람에
하늘하늘
가쁜 숨 몰아쉬네.

목란꽃 피는 집

그림자마저 떠난 마당에는
온종일 하늘을 인 소나무 어깨 위에
그늘이 내려앉는다
이른 봄 등불을 들고 서성이던
목란꽃
서릿발 같은 그리움이
하염없이 볼을 타고 젖는다
볼 수도 만질 수도 없는 얼굴
보고파 목을 뺀 목란꽃
거닐던 길모퉁이에서 넋을 놓는다
이제 주인 없는 울타리엔
참새떼 모여 앉아 옛이야기 한다.

봄 강둑에는

물길이 봄빛에 풀어지고
실바람에 풀내음 실려 오면
물고기 떼 팔딱팔딱
꼬리치며 노는 소리에
모여드는 사람들
푸르러 가는 강둑에
소란함이 잦아들고
따스한 어둠이 내리면
강물 따라 일렁이는 별빛
꿈결에선가
두 귀를 적시는
노 젓는 소리

아침 이슬

싱그러운 바람
나뭇잎에 송송
이슬방울

아침 햇살 머금어
방끗 미소 짓다가
손짓하다가

또르르
파란 도화지 위에
사뿐히 앉아
꽃 그림 그리면

하얀나비
노랑나비
팔랑팔랑 날아와
역사를 쓴다.

꽃 진 자리

느릿한 햇살 하품하는 외딴집 대청마루에는 마실꾼들이 언제나 가득했었다 마당 끝으로 흐르는 개울에는 검정콩 한 움큼 뿌려 놓은 듯 촘촘히 박혀있는 올갱이들 아욱에 된장 풀어 국 끓이면 새참으로 그만이라며 사람들 발걸음을 멈추게 하였다 시간이 속절없이 흐른 지금도 투박하게 쌓아 올린 돌담은 그대로지만 물을 퍼 올리던 두레박은 자취가 없고 우물가 참죽나무는 우람하게 자라 거목이 되었다 회칠 벗겨진 흰 벽과 처마 사이에는 거미줄로 빼곡한데 장지문도 열려 누렇게 바랜 문풍지만 샛바람에 떨고 있으니 꽃 진 자리 곱다는 말 다 부질없고 단지 어린 기억 속의 고운 자취들만 되새김은 나 또한 저 고택만큼 살아와 여기에 서 있는 까닭이다.

제3부

낙엽을 읽는 법

사라지지 않는
단 하나의 의미 그것은
사랑하는 마음입니다

매미

무슨 노래인지 몰라도
마음과 귀 열어놓고
주파수 초점을 맞추면
때를 아는지 목청껏
울어대는 매미
서늘한 바람이
서럽다는 것인지
짝이 없어
서럽다는 것인지
나무껍질에 허물 벗어 걸어놓고
하염없이
매얌매얌매얌
슬픈 날에도
즐겁게 노랠 불렀다던
어느 가수님의
노랫소리 매얌매얌매얌

낙엽 읽는 법

그대는 한 생을 아낌없이 살아내고
떨구는 눈물에 구멍 뚫린 내 삶의 거룩한 흔적들

텅 빈 가슴속에도
가을이 머무르더니
이내 황홀한 이별을 남기고 떠나가네
언젠가 모든 것을 내려놓아야 한다는 걸 붙들고 알게 하네

인고의 물결을 넘어
씨앗을 온몸으로 받았네
어김없이 한 치의 착오 없이 돌아와
찰싹거리는
제주 바다로 변신하네

어느새 중년의 무게를 진
내 삶의 정직한 작은 나무들의 상큼한 고백들
각종 꽃향기로 퍼지고 부활해
알고 보니 그대는
새 생명의 꽉 찬 노래이네.

가을 예감

꽃잎을 껴안고 산그늘에 서면
향기로 이끄는 반가운 소리
나지막한 산허리에 감겨
손짓하는 갈잎은 누구를 오라 하는지
밭두렁에 애기똥풀
아장아장 걸어 나오는 한나절
노란 밀짚모자 눌러쓴
철모르는 민들레 가족들이 새삼스러운데
바람이 슬며시 말을 건넨다
등 시린 어깨 대문가에 기대어
어서 오시라고
웃으며 손짓하는 해바라기꽃

그날 기억

늦가을이 비에 젖고 있었다
차디찬 빗방울이 늘어진 갈잎을 두들겨
웃음소리를 삼켜버렸다

빗물에 젖은 차도 위를 불 밝힌
자동차들이 무겁게 달려나가고
어스름 늦저녁이 된 마음
눈시울이 창문 두드리는 빗줄기에
젖고 있었다

가슴 한켠에 묻어두었던
언젠가는 소나기 되어 쏟아내야 할
언어가 되지 못한 말들이
젖은 유리창에 갇힌 채
주름진 모습만 보여주고 있었다.

숲을 걸었습니다

신선한 바람이 뺨을 스치고
차창 밖의 거리가 새롭게 다가서는
눈부신 오월
실록이 초록 비단을 휘두르고
꽃들이 만개하여 유혹하는
숲속을 걸었습니다
갑갑하게 조이는 하이힐 집어 던지고
맨발이 되어
폭신한 흙의 감촉을 느끼며
한 발 두 발 내딛는 발자국
새들이 말을 건네고
바람이 앞서 길을 안내하는
내게 허락된 소중한 시간에 감사하며
걷고 또 걸었습니다.

잠 못 이루던 어느 날

책상에 꽂혀있는 낡은 앨범 먼지를 털어내고
문득 지난 시간을 맞이하면
가슴을 자극하는 아주 짙고 누런 냄새
잠들었던 시간이 천천히 일어나 기지갤 편다

빙그레 웃는 혼자만의 흐뭇한 시간의
아지트

소환되는 옛 시간이 파노라마가 되어
잔잔한 그리움으로 다가서고
슬픔과 기쁨의 파도
거기엔 생각조차 부끄러운 민낯도 있구나

희뿌옇게 밝아오는 유리창에 기대어
이제 오래된 영사기를 서랍 속에 넣고
다시는 못 올 시간을 빨래하고 건조해
휑한 가슴에 차곡차곡 개어 넣는다.

길

옷깃 여미는 소슬바람
쓸쓸해 보여도 봄볕처럼
따사롭다
가로수 은행잎들
꽃송이 되어 내리는 하오下午
길이 끝난 듯 보이는 산모퉁이 돌면
또다시 이어지는 길
오늘도 희미한 길을 따라
바람이 되어 간다.

가을 입장入場

폭염과 폭우를 견디어 온
나무들이
남은 손톱으로 햇살을 긁는다
뜨거운 열기는 변함없이
오만하기만 한데
솔바람이 풀냄새 실어나르는
저수지엔
기차놀이 하는 오리 식구들
앙증맞은 행렬 바라보며
지친 마음을 삭인다
제법 선선한 바람 한 줄기
슬며시 다가와서는
눈치 없는 날 데리고
어디쯤 오시는지 모를
가을 손님
마중 나가잔다.

두 귀를 걸어 잠근

다람쥐는 알고 있지
도토리 한 알
알이 떨어지는 소리
알아듣고는
눈 치켜뜨며 꼬릴 세우지

새벽은 고요하니
모든 소리를 담아
세상에 내어놓지만
새벽이슬 축축이
풀잎에 적시어도

불이 꺼지지 않는
창가에서는
서성이며 서성거리며
두 귀를 걸어 잠근
그림자 하나

산행

무더웠던 여름
어느덧 사라지고
소슬바람 따라
잰걸음이 쫓아가네
산길에 빠져들어
가뿐가뿐 걷다 보니
힘겹고 무디어진
발자국
잔뜩 화가 난
장딴지가
산길을 가로막네.

철쭉

봄꽃 흐드러진 어느 날
시샘하지 않고
스스럼없이 빛나던 너

분홍색 빨간색 섞여 이루는
너의 조화로움

서로 다름이 주는 오묘한
질서는
신이 내린 섭리던가

검은색 흰색과 같은
너와 나도
어쩌면 이와 같을 테니.

제4부

수암골에는

뒤척이는 까만 눈동자만
모진 세월을 넘어가고 있었다

바느실의 여름*

빨간 유홍초 나뭇잎 사이 숨어서 웃고
담장 너머 호박할머니 움푹 파인 얼굴로
오가는 사람들께 눈인사하네
웃자란 물풀로 가득한 연못
빼꼼 눈만 내민 개구리들 짝 찾아 울어대는
아침나절
팽나무 너른 평상에 더위 식히는 동네 어르신들께
얼음 동동 띄운 미숫가루와 쑥떡을 내오니
산들바람이 사르르 이마를 간질인다
팔월 뜨거운 땡볕 아래 밭일 논일에 지친 몸
길게 늘어난 산그림자에 내려놓고
새털구름 놀다가는 장자봉에 붉은 노을 걸리면
다람쥐 청설모 제집 찾아 뛰어가고
마을 어귀에 들어서는 경운기 엔진소리 반가워
팽나무 청록색 이파리 마구 흔들어 대는
바느실 풍경

* 바느실(針谷) : 괴산군 문광면 양곡리(陽谷里)의 옛이름으로 생
골바느실과 자바실을 합쳐 바느실이라 하였다.

수암골에는

싸늘한 달빛 찬바람 이는 산중턱
옹기종기 모여 앉은 판잣집 담벼락에
환한 봄볕이 마법을 부렸다

만화에서 툭 튀어나온 아이들
연꽃 흐드러진 꽃밭 지나고
꽃단장한 연탄재 탑을 돌아서
한바탕 펼쳐지는 풍물놀이 한마당

마을 아래 버려졌던 땅엔 번쩍번쩍
카페촌이 들어서고
코흘리개들이 뛰놀던 고샅길은
유람객들로 발 디딜 틈 없는데

금이도 덕이도 떠난 판잣집 골방에는
전쟁통에 고향 등지고 눌러앉아
잠 못 이뤄 뒤척이는 까만 눈동자만
모진 세월을 넘어가고 있었다.

수릿날 명절에는

단옷날 푸닥거리
정자나무 그늘에 그림 펼친다
창포물에 머리 감고
신주 빚은 막걸리 한사발
감자전 먹으며
이야기들이 낱알처럼 튀어 오르네
쑥절편 모시떡 사이좋게 누워
오가는 길손에 웃음꽃 만발
풍년 달라 굿거리장단 하늘로 솟고
그네뛰기 한복 자락 휘감아
연분홍 봄바람에 덩달아 까르르
햇빛 분가루 되어 흩날리는
오월의 한나절

무심천 시장 사람들

무심천에는
신선한 새벽공기가 이마를 비질하고
양쪽 둑방에는 금잔화가 파도를 탄다
어디서 날아왔는지
외발로 움쩍 안는 흰 두루마기 백로가
그늘을 만들어 물고기 유인하고
아침 운동하는 사람들의 생기 있는 얼굴들 사이로
낡은 자전거에 몸을 실은 할아버지 쿵작쿵작
노랫소리 신명 난다

주차장엔 경적 울리며 들어서는 자동차 행렬
가판대 장사꾼 아저씨는 목청 높여
'골라골라 마늘쫑 한 묶음 오천 원'
'햇감자도 싸다싸 오천 원'
사방 쪼그려 앉은 과일들 곁눈질로 주인을 기다리고
'따끈한 두부 한 모 천 원'
덩달아 외치는 부끄러운 목소리 맑은 하늘에 감돈다

꼭두새벽부터 허기를 잊은 분주한 시장 사람들

검은 비닐봉지에
환하게 떠오르는 아침 햇살을 담아내고 있다.

간이역에서
—시동역

여전히 서로의 안부를 묻는다
뻘쭘하게 서 있는 빨간 우체통
무언의 시간을 보내는 공중전화박스
시간이 멈춘 공간으로
빛바랜 흑백사진이 내려앉았다
갈래머리 여고생들과 양복 입은 아저씨들
수많은 사람이 종종거리며 북적대던 곳
흰 눈이 얇게 덮인 지붕에는
멧비둘기 한 마리
알 수 없는 목소리로 노래하고
희미한 흔적들이 하나둘 되살아 나는
폐역에서
매일 같은 시간에 마주쳤던
까만 교복이 잘 어울리는 소년의 눈빛이
새초롬히 아른거린다.

이웃이라는 울타리

살금살금 오는 걸음
착한 눈빛과 해맑은 웃음이 반기고
비 오면 함께 젖습니다
다시 못 올 오십 번째 계절은
이토록 먼저 와 있습니다
나무보다 먼저 길을 나선 사람들
아파트 숲길에서 만난 사람들
일일이 눈인사로 보내고 나면
새삼 그 어우러짐이 아름답고
순간이지만 친구 같은 따뜻한 배려에
서글픈 마음이 한결 누그러집니다
내 발길 머무는 오늘이
그들과 함께하기에 참 소중한
하루입니다.

비내섬

한겨울 노파의 손목은
반쯤 타버린 부지깽이

속태우던 사연들이
까맣게 그슬려 있다

바람을 부르는 갈대밭의
하얀 뼈다귀

지나는 사람들 바라보며
비내섬 비내길에 서 있다.

정이품송

천년을 매단 등짐 지고
맺힌 옹이
낯선 이름표 달고 서 있다

낙뢰 맞으며 풍파를 건너던
헐벗은 백성들
의복 깁던 자리에 서서

푸른 그림자 들어 올리는
큰 그릇이 되어
세조를 곱게 보냈었지

푸른 기백으로
천둥같이 외치는 소리
세상을 씻어내는
선비정신이었다.

청주 용화사

새벽을 깨우는
풍경 소리
잠들었던 나무들
기지개 켜고
오가피 순 취나물 곁들인 공양에
예감하는 행복한 하루
용화사에 가면
나무도
사람도
웃는다.

'옹기꾸몽' 카페

녹두꽃 피고 지는 마을에서
영혼을 담아 흙을 빚는 사람들을 만났다
흙으로 만들어내는 옹기는
창조라고 해야 할까
낯선 길에서
눈부시게 다가온 풍경
색색의 꽃과 나무로 가꾸어진 정원에서
흙길을 밟으며 산책하는 걸음은
한껏 느려지고
막혔던 생각들이 더듬거리며 기어 나오는
'옹기꾸몽' 카페

서서 우는 꽃
― 김영랑 생가에서

흠뻑 젖은 꽃잎 자락
뚝뚝 떨어지면

영롱한 눈물방울
송이송이 매달아

메마른 가슴 적시는
고무신 한 켤레

길 잃은 바람은
주춧돌 모서릴 맴도네.

기다림의 끝
― 강성일 시인 영전에

돌아가야만 하는 오늘
먼 곳에 계신 이름 불러봅니다

생의 끝에서
텅 빈 우주 한가운데 홀로이 서서
침묵하셨는지요

국화꽃 하얗게 핀 길을
질곡의 허물 벗고
눈가에 흐르는 노랫소리 따라
가신 임

흰나비로 오실 길에
촛불 되어 기다리겠습니다.

제5부

구름의자에 앉아

중얼중얼하다가
넋 놓고 중얼중얼하다가

구름의자에 앉아

오늘은 쉬고 싶습니다
반복되는 일상을 마주하는 물음표
하늘을 떠도는 구름 냄새에 취해
통통거리며 뛰고 싶습니다
보고 싶은 사람 생각에
구름 한 조각 떼어내
반갑게 말을 걸기도 하고
돌이킬 수 없는 일들이 떠오를 때면
살갗에 소름이 돋아
귓가를 스치는 바람도 풀도 모두
숨죽이며 긴장합니다
순간 가슴 한켠이 먹먹해져서는
이제 모두 잊고 내려놓아야지
중얼중얼하다가
넋 놓고 중얼중얼하다가
구름의자에 앉아 말갛게 잠이 듭니다.

꽃마실

깃털 날개를 달고 도는 마실
새벽잠 내린 실비로 활짝 핀 벚꽃은
흔들바람에 날려
꽃방석 여울 만들고
꽃잎 사이로 떨어지는 햇살이
마음 빗장 풀어놓으면
한 송이 꽃 피워보고 싶어라
봄을 맞이하는 그리움 하나
그대는 어디쯤 지나가고 있을지
바람이 꽃잎을 따른다.

순백 아기씨

겨울잠 자다 일어났는가
눈 속에 핀
애기동백꽃

어쩜 이리 고울까
화사한 얼굴
햇빛에 바랠까
밤마다 꽃잎 열고 살그머니
숨어버린 그대

꽃잔에
등불 밝히네

바람에 날릴까
품 안에 고이 새겨
나만 몰래
보고 왔네
하얀 동백꽃

겨울 땅 밑에서

씨알들은 저마다 몸을 풀며
어깨 들썩들썩 춤을 추고
새로운 세상을 꿈꾸는 사람은
일념 하나로
긴 겨울을 견디며
시인은
언 뿌리 위에 살포시 다가가
희망을 얹는다.

꽃이 만발한 집

개나리꽃 목련꽃 활짝 핀
우리집은
그림엽서에 있을법한 꽃대궐

라일락 향기도
한몫 당당히 임무 수행하고
온갖 꽃잎들이
저마다 뒤질세라 시샘하며
살짝살짝 눈웃음치는데

부질없는 서운함은
누굴 향한 마음인가.

비가 내렸다 그치면서

비가 내렸다 그치면서 안개가
숲에 깔렸다
몽환적인 모습이 꿈결처럼 초록 속에
가득히 서 있었다

지나간 날들 묻고 가는 여정
오늘도 숨어 오는 긴 한숨

방황하는 시간이 길었던 만큼
오늘 할 수 있는 일을 하자
언젠가 꽃 피울
그런 소중한 순간을 위하여

오월 맞이

연초록 가득한 뜨락에
꽃잎 다녀간 뒤

이팝나무에
몽글몽글 하얀 쌀밥
정겨워라

사랑을 품고 품어
붓질하는 세상

가끔은
꽃이 피고 짐을 시샘하여
흙바람도 불겠지

웃음꽃 내어준 고마움에
오월 마중하네.

말을 아끼는 꽃

꽃들이 전하는 인사로
맞이하는 하루
분홍빛 금낭화는 복주머니 매달아
산사의 연등 같구나
짙어가는 초록 숲에서
아카시아 향기 채우고
산새들 지저귀는 소리 귀에 붙는다
눈을 유혹하는 장미꽃에
흔들리는 숨결
무심한 사람들 속에서
꽃들은 하고픈 말 다 끝내지 못한 채
저 홀로 곱게 곱게 물들고 있다.

유월 산행

그늘진 오솔길 따라 걷는 시간
능선으로 나는 새들도
목청껏 노래 부르고
나뭇잎에 맺힌 이슬방울 떨어져
두 볼을 간질이네
초록바람 타고 실려 온 향내음
코끝에 스치면
주름살 깊어가는 서쪽 하늘에
뭉게구름 얹어 놓는 바람
책갈피에 꽂아놓은 눈부신 유월

행복의 꽃

왜냐고 묻고 싶었다
어제도
오늘도
나를 보고 웃네

마음의 창을 열고
내 마음 한 조각 떼어주면
마음에 꽃이 되어
곁눈질 시선에도
아랑곳없이 웃어주네

어쩌자고
정말 어쩌라고

눈물보다 강한 미소

아카시아꽃

나뭇가지에
주렁주렁 매달린
하얀 조롱박

시집가던 날
눈꽃 드레스 입고
환하게 웃던
울언니 모습

토담집 마당

낡고 허름하지만 예쁜
창호지 문틈으로
살짝 곁눈질하면

눈과 눈으로
알콩달콩 사랑꽃 나누는
도깨비 내외

꽃대궐 부러워도
시새움 모르네

어릴 적 내 살던
토담집 마당에서 뛰어놀던
빛바랜 사진 한 첩

제6부

시들지 않는 꽃

온통 푸르게 변해가는 세상을 보며
산수유 냉차를 마신다

꽃비

검은 숲 노트에
연둣빛 물감 흩뿌리면

시냇물 한 페이지로 오선지 그려
멧새 소리 걸어두련

하늘 한 조각 품은 회색 구름
나른한 꿈속에 들어와

가지 끝에 매달린
메마른 그리움 촉촉이 적시는
그대 올 테니.

시들지 않는 꽃

온 동네가 노오란 꽃밭이었다

따스한 봄볕 받으며
꽃길을 산책하던 어르신들
강아지 졸래졸래 뒤를 따르고
아이들 재잘거리는 소리에
또 한 계절이 지나갔다

내 살고 싶고 가보고 싶었던
꿈결 같은 마을

노랗게 꽃물들이던 동산도
담장에 매달려 있던 봄볕 따라
이울어 가고
지금은 작은 평상에 앉아
온통 푸르게 변해가는 세상을 보며
산수유 냉차를 마신다

거실 한켠에 걸려있는

액자 속에는

산수유 노오란 꽃천지인데…

청보리밭

초록바람 군무 펼치는
비탈길 청보리밭
상큼한 하늘빛으로
지친 마음에 파란 실핏줄 긋고
성큼성큼 자라난 보리가
어느새 키를 넘는다
저토록 성장함이 부럽기도 한데
바위틈 간질이는 물소리와
하늘 울리는 새소리
오늘만큼은
액자 속 그림이고 싶다
바람이 숨 고르고
굽었던 마음 곧게 펴
쉼표에 마침표 찍는 하루.

시집가는 날

여우를 사랑한 구름이
시집가자
하늘이 통곡하네
도저히 발길을
옮기지 못하고
하염없이 창밖을 보니
차디찬 빗방울 잔뜩 머금어
믿어지지 않는 슬픔
그렇게 울음 쏟아내고 있다가
갑작스레
해님 쨍쨍한 하늘이 눈부셔
여우야
구름아
해야 모두 사랑해!

봉숭아

앙증맞은 열 손가락에
봉숭아꽃 돌로 이겨
무명천으로 묶어주시던 당신
가슴 적시는 그리움에
밤새 꽃물이 든 손톱처럼
눈시울이 붉다
젖은 나뭇가지에 햇살이 번져
새 그림자 지나는
칠월이 오면
길모퉁이 흐드러진 봉숭아꽃
꽃잎 속에 아련히 잠겨있는
당신의 미소

커피 한 잔

자판기에서 삼백 원짜리
커피 한 잔 뽑아 마시면
울먹이는 가슴이
보란 듯 사르르 풀리고

그려놓은 듯한 카페에서
카페라테를 홀로 마실 땐
모락모락 첫사랑의 향기가
피어오른다

이렇듯,
한 잔의 커피 속에도
우리가 살아가는 이유가
올올이 들어있다.

빈자리

일렁이는 하늘
비구름에 갇히고
한여름 숲 울림이 커지면
고뿔 걸린 늙은 나무
재채기하네
산다는 게 다 그렇지
잎 떠난 자리
수다 떠는 개울가에서
가쁜 숨 고르는
너의 빈자리

평화의 날개

붉은 태양이 뜨겁게
온 세상을 붉게 물들이다가
이내 내일을 약속하며 사라져버린다

잠시 눈을 감고 기도에 잠긴다
나와 만난 인연들
아프게 하지는 않았나
혹시 나의 말투가
그대 가슴을 찌르지 않았을까

세월 따라 나이도 함께 철들어가나 보다
좋은 인연인 양
오늘도 노을이 지는 서녘 하늘을 바라보며
감사의 땅을 향해
가슴안에 평화의 날개를 활짝 펴본다.

눈길 걸으며

밤사이 내린 함박눈이
산봉우리를 하얗게 분칠하였다
나뭇가지마다
환한 옷을 갈아입고
누구를 기다리는지
설레는 마음 송이송이 매달아
반짝이는 눈빛
그리운 계절을 만나
맨 처음 발자국을 남기며
걸어가는 하얀 숲길에서
때 묻지 않으리라
자리한 마음 되새기며
낮은 곳으로 쌓이는 눈송이의
겸손을 배운다.

꽃바라기

봄바람 능선을 넘으면
파랗게 손 내미는
새순
여기저기 노래하는
풀꽃과 새들이
어두운 마음을 밀고
바람 타고
한 잎 두 잎 떨어진 꽃송이
담뿍 담아보네
금빛 햇살 눈부신 순간
세상이 달라 보여
욕심 비운 자리에
문득
나도
꽃이 되었네.

남은 이별

붉은 꽃잎의 화려한 외출이다
향수를 온몸에 뿌리고
소리 소문도 없이 보릿고개 넘어
밤꽃에게 덜컥 안기는데
추녀 끝 제비 날갯짓 보며
짧은 유월의 옷자락을 잡는다
가지 말라고
제발 가지 말라고
뜸부기 밤새워 울어대는 밤에

그곳에 있었네

그곳에 있었네
그들도 있었네

허우적대는 몸짓
멀어진 현실

숨 가쁘게 조여오던
최면의 덫

반복 또 반복

무한의 끝에
어느새 다가온 그대라는
현실

기억의 체적, 그리고 사랑의 질량

이 승 복(한국시문학아카데미 학장)

이 시집《달빛 면사포》6부 71편의 시들에 잔잔히 배어 있는 여러 가지 정서 중에서 유독 눈에 들어오는 한 가지가 있었다. 어제까지는 그저 한 송이 꽃에 불과했을 뿐이었는데 오늘은 갑자기 그 꽃이 아득한 어느 시절 아름다웠던 기억의 자취로 여겨지기 시작했다거나, 그저 오며 가며 지나치던 골목이었을 뿐인데 오늘은 갑자기 오래전 손잡고 함께 거닐던 어머니의 미소처럼 가슴 따뜻한 고향이 되어 있다는 생각이 그것이다. 기억의 편린들이 이리저리 흩어지고 모여서는 어제까지와는 다른 세상 바라보기가 시작되었다는 고백이기도 하다.

목소리로 짐작해 보건대 시집에 수록된 시편들에서 고르게 자리해 있는 이 화자는 흔히 만날 수 있는 아주 익숙한 사람이다. 아마도 우리 중의 누군가임에 틀림이 없어 보이는 지극히 흔한 사람의 목소리를 가지고 있다. 지극히 평범한 우리들의 모습인 셈이다. 나이기도 하고 물론 시인일 수도 있을 우리 중의 누군가임에 분명한 이 화자는 살아있는 모든 것들은 하루하루 늙어가고 있다는 것을 온전히 느끼고 있다. 그래서 늙어가고 있는 자신의 모습을 보면서 놀라워하기도 하고 두려움과 기대를 품은 채 하루하루를 살아 내고도 있다. 자신과 주변의 모든 살아 있는 것들이 사실은 늙어가고 있다는 것에 대해 조금씩 눈 떠 가고 있는 중이기도 하다. 문득 그의 마음을 헤아려 본다.

'어느 날 문득 내 안을 차지하고 있던 기억의 체적이 잔뜩 부풀어서는 나의 대부분을 차지하기 시작했다. 그날 이후, 기억은 내 의식의 한가운데를 차지하고 있다. 적지 않게 생경하기도 하지만 그동안 잊혔던 많은 기억들이 마치 먹지 못할 그림의 떡처럼 새삼 아름답고 행복한 표정으로 보이고 있다. 덕분에 내일보다는 오늘이 오늘보다는 어제가 더 선명하게 앞자리를 채우게 되었다. 내 생각의 대부분은 결국 기억의 몫이 된 셈이다.

짐작해 보건대 아마도 나는 어느새 늙어가고 있는 것이겠다. 다시 봄이 되면 꽃은 또 필 것을 뻔히 알면서도 떨어지는 낙엽에 유독 눈길이 더 가는 나이, 어느새 그런 나이가 된 것이다.'

이러한 정서적인 배경을 근거로 보는 것이 허용된다

면, 우리는 이난희 시인의 이번 시집은 일종의 '탄로가嘆老歌'라고 할만하다. 적어도 수없이 많은 경로 중의 하나일 뿐인 '탄로가'로 이 시집을 규정하고 바라보며 읽어내기를 하는 것은 그리 그르지 않아 보인다. 그래서 이 자리에서는 이난희 시인의 시집《달빛 면사포》와 '늙는다는 것'을 관련지어 함께 읽어 보았으면 한다.

이난희 시인의 시 쓰기가 지닌 몇몇 특징을 먼저 헤아려 보고, 이난희 시인의 생각 속에 담겨 있는 '늙는다는 것'이란 무엇인지를 유추해 가면서 우리에게 '늙는다는 것'은 또 무엇인지를 그리고 무엇이어야 하는지를 이어 생각해 보기로 한다.

1.

이난희 시인의 시 쓰기에는 고운 결이 있다. 비유와 묘사를 중심으로 하는 가시적인 이미저리의 조율이 탁월하다. 색채어의 대조와 활용도 수월하지만 자연물에 빗대어 견주어 내는 이난희 시인의 비유 방식은 다른 시인들도 닮고 싶어 할 만큼 조화롭고 안정적인 시 쓰기 방식이라 할 수 있다. 그만의 독특한 진술 방식이다.

비유하는 것과 비유되는 것 사이의 거리가 적정하다는 점에서도 그렇고 사물이나 상황에 대해서 바라보는 시선의 주체가 지닌 조율역량의 수준도 그러하다. 화자 자신을 대상으로 할 때마저 화자의 목소리는 여전히 일정한 거리와 객관적 태도를 견지하고 있지만 그러면서도 대상의 자리에 있는 화자에 대해 오히려 새로운 의미를 부여해 주곤 한다. 객관적인 어조를 유지하면서 그 태도에 있어서는 적극적인 화자의 의지를 드러내고 있는 것이라 하겠다. 그러다 보니 자연이나 일상에서 만나는 다양한 비유체를 자기 확인의 노정에 끌어다 놓는 손길 역시 뛰어나다. 다분히 객관적이지만 독자들로 하여금 주제에 대한 절절한 공감을 이끌어 내고 있다는 점에서 전언 전달의 적절한 소통방식이라는 평가가 가능하다. 가히 탁월하다 할 만하다.

이난희 시의 독자 입장에서 본다면, 이난희 시인의 시적 진술은 시를 통한 시인과의 대화를 합리적이고 진지하게 이끌어 갈 모처럼의 기회가 될 수 있다. 적절한 비유와 묘사를 통해 정확한 소통을 가능하게 하고 논의의 궁극적 대상에 대해 집중할 수 있는 기회가 될 만하다. 덕분에 독자인 우리는 화자와 함께 '늙는다는 것'에 대해 깊이 생각해 보고 마음껏 느껴 볼 수 있으리라 기대하게 된다. 이 시집을 이끄는 화자의 목소리와 함께 독자인 우리는 지난 시절의 아름다운 기억을 공감하며 더듬어 보기도 하고, 조금씩 흐려지는 것들에 대해 아쉬워하기도 할 것이다. 그런가 하면 사라지는 기억들에 향해 그리움을 느껴 보기도 할 것이고 누렇게 익어가는 가을 안에서 무심코 서 있는 초로의 한 사람이 되어 멀찌감치 바라보는 경험도 하게 될 것이다.

제1부 '자귀나무 아래'에서는 화자의 자조적인 자기

확인이 주조를 이루고 있다. 소리 없이 시간은 지나고 있으며 어느새 나는 이렇게 나이가 들어 있다는 것을 화자는 읽어내고 있다. 지난 시절의 기억이 아름답게 떠오를수록 그 시절은 다시 올 수 없으리라는 분명한 사실을 이제는 온전히 받아들여야 할 때가 된 것이라는 자각이다. 아무리 해봐도 익숙해지지 않을 것 같은 이 공허함조차 수긍해야만 하는 나이가 되었다는 뜻이리라.

시인은 그 어중간하고 미묘하기 이를 데 없는 화자의 상실감을 순간적으로 포착해서 이를 다시 알맞은 비유로 그려서는 우리 앞에 친절하게 보여주고 있다.

제2부 '달빛 면사포'의 화자는 과거 나의 유년 시절 그 아름다운 기억들이 오랜 시간 탓인지 어느새 모호하게 흐려지고 있으며 심지어 사실이 아닌 환상으로 여겨지고 있음에 아쉬워하고 있다.

시인은 점점 흐려 지지만 그 기억으로부터 손을 뗄 수 없는 상황을 보여줌으로써 그 절절한 그리움의 크기가 얼마나 큰 것인지를 우리 스스로 가늠해 보게 한다. 그리고 그 모호하고 아름다운 시절의 모습이 어쩌면 마침내 우리가 가게 될 이상세계의 모습일 수도 있음을 암시한다.

제3부 '낙엽을 읽는 법'의 화자는 마치 가을 한가운데에 아무도 없이 혼자 서 있는 것 같은 공허함을 말하고 있다. 지난 봄의 아름다웠던 꽃도 그 여름의 싱그러

웠던 푸른 잎들도 모두 기억하고 있지만 그렇지만 봄도 여름도 지금은 어디에도 없다는 것을 낙엽을 통해 확인한다. 화자는 그런 낙엽을 밟고 선 채 공허하고 아쉬운 마음으로 까닭 모를 눈물을 참아내고 있다.

시인은 그 까닭 모를 눈물을 통해 늙어가면서 잃어야 하는 상실의 정서를 고스란히 그려내려고 한다. 하지만 그것은 그저 아프기만 한 것이 아니라 아득한 그리움이기도 하고 낯설지만 받아들여야 하는 순리가 아니겠냐는 말을 함께 하고 있다.

제4부 '수암골에는'에서는 이곳저곳의 구체적 공간을 제재로 채택하고 있다. 그런데 그 각각의 공간들을 보면 한결같이 과거의 공간과 현재의 공간이 이중적이면서도 묘하게 교감하고 있다. 매우 사실적인 이들 공간 또한 획득과 상실의 교차지대임을 읽어내고 있다.

그런데 여기에서는 바라보는 시선과 대상 사이에는 일정한 간격이 드러난다. 화자의 관조가 나타나고 있다. 화자는 세상으로부터 조금 떨어져서 세상을 바라보고 있는 것이다. 일상의 모든 것들이 사실은 하루하루 늙어가고 있음을 관조한다. 그러면서 말한다. 무엇인가는 잊혀지게 마련이고 또 무엇인가는 사라지게 마련이라고.

시인은 이렇게 멀찌감치서 바라보고 있는 화자의 시선을 통해 늙는다는 것이 그리고 잊혀지고 사라진다는 것이 얼마나 분명한 사실이며 엄정한 것인지를 객관화

시키고 있다. 무심하게 바라보고 있는 화자의 표정과 객관화된 화자 주변의 장면을 포집하여 보여줌으로써 늙는다는 것의 엄연함을 가시적으로 구현해 내려는 의도라 하겠다.

제5부 '구름의자에 앉아'의 화자는 주로 밝고 깨끗하기 이를 데 없는 봄의 환상적인 아름다움을 환기해내고 있다. 그러면서도 화자 자신은 그것들을 대견하게 바라보고 있을 뿐이다. 한가롭게 머뭇대며 그저 바라만 보고 있는 화자는 그래서 편안하다.

여기서의 꽃, 하늘, 구름, 햇살, 바람, 비, 안개 등의 자연 소재는 밝고 환하며 건강한 생명력을 지니고 있다. 봄과 여름 또는 5월과 6월이라는 꽃과 나무의 계절 또한 싱그럽기 이를 데 없다. 하지만 이를 바라보고 있는 화자는 다정한 미소를 지으면서도 여전히 관조적일 뿐이다. 저들의 생명력과 스스로를 동일시하지 않는다. 생동하는 봄기운과 그것을 바라보는 화자 사이에는 이미 분명한 간격이 놓여 있는 셈이다.

밝고 건강한 생명력과 이를 바라보고만 있는 화자 사이의 간격을 전달하기 위해 시인은 흰색으로 점철된 각종의 이미저리를 조형하고 있다. 이러한 색채 조형력은 이난희 시인의 시적 진술이 지닌 매력을 그야말로 가감 없이 드러내기에 충분하다.

제6부 '시들지 않는 꽃'의 화자는 더 이상 푸르를 수 없는 것을 알면서도 낙조 이후의 하늘 아래에 선 채로

푸른 하늘을 그리워해야 하는 아쉬움을 그리고 있다.

청춘, 청보리만큼이나 싱그럽고 아름다웠던 그 시절이 지금은 지고 말았다는 사실 앞에서 서럽고 서글퍼지는 심정을 조심스럽게 하지만 감춤 없이 묘사해 내고 있다. 새삼 그 시절이 그립기도 하고 지금의 이 상황이 다소 서글프기도 하지만 그 모든 지나간 것들을 인정해야만 한다는 사실이 가장 서럽게 다가오고 있음을 정확히 보여주고 있다. 하지만 화자는 그 청춘이 완전히 사라진 것이 아니라 여전히 내 안에 어딘가에 보이지 않은 채 살아 있음을 간파해 내고 있다.

여기서 시인은 그림 속에 담긴 풍경은 계절 변화에 관심이 없다는 말로 대신하고 있는데, 이는 기억하고 있다면 없어진 것이 아니라는 불변하는 청춘을 강조하는 전언이라 하겠다.

이처럼 6부로 편성된 시작품들은 몇몇은 묶이고 몇몇은 나뉘면서 전체적으로 보면 '늙는다는 것'에 대해 다음과 같이 세 가지의 사유를 견지하고 있다.

첫째는 지난 시절의 아름다웠던 모든 것들에 대한 찬미이다. 특히 유년 시절의 경험과 기억 속에서 여전히 소중하게 여겨지고 있는 것들에 대한 환기와 가시적인 제시는 이 시집 안에서 가장 밝고 건강하며 선명한 이미저리로 조형되고 있다.

둘째는 과거와 현재 그러니까 아름다웠던 기억과 그

시절을 그리워해야 하는 오늘의 현실 사이에서 화자가 느껴야 하는 미묘하고 복잡한 심정의 미세한 포착이다. 순간적이지만 매우 큰 의미와 의의를 지니고 있는 표정, 변화를 자각하며 느껴야만 했던 착잡한 감성을 시인은 대단히 정교한 비유로 그려내고 있는 것이다.

셋째는 이미 돌아갈 수 없는 시점에 서 있는 자신을 향한 확인이다. 한쪽에서는 여전히 남아 있는 내 안의 푸른 기운을 감지하고 있지만 그럼에도 불구하고 어쩔 수 없이 가을의 한가운데 서 있어야 하는 지금 여기의 자화상을 있는 그대로 받아들여야 한다며 조분조분 말하고 있다.

결국 이난희 시인이 말하는 '늙는다는 것'은 청춘을 아름답게 회상하는 상황이고, 기억과 현실 사이에서 위태롭게 흔들리는 복잡한 자아가 서 있는 자리이며, 이제는 돌아갈 수 없다는 것을 확인해야 하는 분명한 시점인 셈이다.

이렇듯 이 시집 《달빛 면사포》는 1부부터 6부까지의 구분에도 불구하고 궁극적으로는 참으로 일관되게 탄로가의 변주라는 성격에 머물고 있다. 이 점이 이 시집의 강점일 수 있다. 시집에 수록된 시작품들이 한 권의 시집으로 묶여서 만들어내는 일관된 정체성이야말로 분명하고 견고한 전언의 소통과정이 될 수 있기 때문이다.

2.

 시집을 관통하는 주제로서 '늙는다는 것'에 대한 이난희 시인의 이러한 질문과 사유를 보면서 독자인 우리는 매우 진지하고 뜻깊은 그와의 대화를 예상하게 된다. '늙는다는 것'과 관련하여 시인 이난희의 시적 탐색은 상당히 미세한 지점까지 닿아 있기 때문이다. 깊은 고민과 성찰의 흔적들을 담고 있다. 매우 진지하게 묻고 있다. 어찌하여 우리는 늙는가? 이렇게 문득 우리도 늙고 있다는 것을 느껴야 하는 까닭은 과연 무엇이란 말인가? 늙는다는 것은 정녕 슬픈 일일 뿐인가? 등등.

 그리고 우리는 질문과 함께 '늙는다는 것'에 대해 하나씩 답을 찾아가며 진실에 다가서는 그의 사유에 동참하면서 다시 한번 감사하게 된다. 마땅히 다가서야 할 내 안의 진실에 한 걸음 더 다가갈 수 있는 모처럼의 기회인 까닭이다. 반갑고 기쁜 일이다. 이 시편들을 읽고 있는 어느 날 문득 자신이 늙고 있다는 사실을 발견하게 된다면 우리도 시인과 마찬가지로 자신에게 그리고 세상을 향해 묻지 않을 수 없을 것이다. 늙는다는 것은 과연 무엇인지, 늙고 나서야 비로소 얻는 것은 무엇이며 잃는 것은 또 무엇인지, 그래서 우리는 다소 놀랍기도 하고 두렵기도 한 이 갑작스런 변화 앞에서 늙어간다는 것을 정녕 어떻게 받아들여야 할 것인지 생각하지 않을 수 없을 테니 말이다. 그러니 이렇게 다가온 이난희 시인과의 대화를 통해 '늙는다는 것'에 대해 조금은 더 넓게 이해의 폭을 펼쳐 보는 것은 마땅히 고마운 일이다.

'늙는다는 것'은 사실 매우 당혹스러운 경험일 수밖에 없다. 그런데 당혹스럽다고 해서 그것이 곧 부정적이라는 의미만은 아니다. '늙는다는 것'의 의미는 쉽게 단정할 수 없으며 쉽게 단정해서도 안 된다. '늙는다는 것'은 단지 낯선 경험일 뿐이며 어떻게 대처해야 할지 잘 알 수 없는 상황일 뿐이다.

이즈음에서 이난희 시인에게 기대어 보자. 이 시인은 '늙는다는 것'에 대해 몇 가지 개연성을 말하고 있다.

그 하나는 나이가 들수록 인식의 체적 안에서 기억의 체적이 차지하는 비중이 커진다는 점을 찾아낸 것이다. 이것은 현실의 비중이 상대적으로 작아진다는 뜻으로 이해한다면 당연히 상실이라 평가할 수도 있겠지만 기억과 현실 인식의 관계가 달라지면서 비로소 생겨난 새로운 시선과 판단력이라고 보면 획득이라는 평가가 가능하다. 즉 늙어서야 비로소 새로운 시선을 얻을 수 있고 비로소 그리워해야 하는 것을 그리워 할 수 있는 힘이 생긴다는 판단이다.

또 다른 하나, 이 시인이 밝혀낸 것은 '늙는다는 것'은 자의적 선택일 수도 있지 않겠냐는 일종의 가설이다. 이난희 시인은 의문을 제기하고 있다. '늙는다는 것'은 정녕 회피할 수 없는 흐름일 뿐일까? 그리고 이에 대한 그의 대답은 분명하다. '늙는다는 것'은 수동적이거나 피할 수 없는 대상처럼 보이지만 사실은 얼마든지 선택할 수 있는 대상일 수도 있다고 말한다. '늙는다는 것'은 시간의 소산이 아니라 의지의 소산이라는 것이다.

정서적인 노화가 신체적인 노화에 비례하는 것이 아니듯 의식의 젊고 늙음은 신체의 젊고 늙음에 따르지 않는다는 것이다. '늙는다는 것'이 단지 상실이 아니라 획득일 수 있듯이 '늙는다는 것'은 당연한 질서이기도 하지만 의지에 따라 조정될 수 있는 가변적 가치이기도 하다는 것이다. 늙어서야 비로소 얻을 수 있는 무엇이 있다면 우리는 적극적으로 늙어갈 것이지만 늙어가면서 마침내 무엇인가 잃어야 한다면 우리는 애써 늙어가기를 피할 수도 있다는 논리이다. '늙는다는 것'은 얼마든지 회피할 수도 적극적으로 다가설 수도 있는 대상이라는 그의 생각은 그래서 '늙는다는 것'은 선택의 사항일 뿐이 된다. 신체는 늙어도 의식은 청춘일 수 있다는 생각이기도 하다.

이렇게 말할 수 있는 근거는 이난희 시인의 시적 진술방식에서 찾아볼 수 있다. 이 시인의 진술에서 드러나는 특징의 하나인데, 그의 시 속의 자리하고 있는 화자는 화자 자신조차 시선의 대상으로 설정하곤 한다. 따라서 그의 시 속의 화자는 자신의 정서를 스스로 선택할 수 있고 환치시킬 수 있는 인물이 된다. 마치 거울 속의 나를 바라보며 보이는 대상에 대해 주관적 의미를 부여하는 순간 거울 속의 나는 새로운 나로 탄생할 수 있다는 논리이다. 이러한 진술방식을 통해 이난희 시인은, '늙는다는 것'은 변화가 불가한 순리나 수용의 대상이기도 하지만 동시에 주체에 의해 얼마든지 새롭게 해석될 수도 있는 대상임을 보여준다.

즉 관찰의 주체이면서 진술의 주체이기도 한 화자가 화자 자신을 관찰과 진술의 대상으로도 삼을 수 있으며, 이럴 경우 화자는 판단의 대상이면서도 판단의 주체가 됨으로써 스스로 자신의 노화 여부를 판단할 수도 결정할 수도 있다는 것이다. 자신이 '늙는다는 것'에 대해 얼마든지 적극적으로 부정하거나 회피할 수 있다는 것이다. 인식 주체인 자신에 의해 관찰 대상인 자신이 재생될 수 있음을 보여주는 것이다. 즉 '늙는다는 것'은 보이는 대로가 아니라 선택한 대로이며 그래서 '늙는다는 것'은 의지의 소산임을 강조하고 있는 것이라 하겠다.

마침내 이 시인에게 '늙는다는 것'의 의미는 불가피한 수용의 대상만이 아니라, 자신의 행복을 위해서라면 얼마든지 조정하고 환치시킬 수 있는 선택적 사항이 된 것이다. 그리고 자신의 행복을 추구하는 것은 인간에게 주어진 권한이요 책임이 분명하다면 '늙는다는 것'의 의미 역시 좌절과 상실의 의미로서만 아니라 본인의 행복을 위해 얼마든지 선택하고 규정할 수 있는 뜻깊은 기회일 수 있다. '늙는다는 것'은 피할 수 없는 상실이나 포기의 의미로 제한되어서는 안 된다는 것이다. '늙는다는 것'은 이제야 다가온 행복의 열쇠일 수 있다고 말하고 있다. 실제로 '늙는다는 것'을 사람에 한정하여 본다면 소멸에 다가서는 하향의 언덕이라 하기도 하겠지만, 가을이라는 시절에 견주어 보면 비로소 무르익는 소중한 시기이고, 다시 이를 등산에 견주어 보면 8부 능선에서 이르러서야 비로소 드러난 세상의 본모습과 같다고 할 것이다. 그러니 '늙는다는 것'은 다분히 아름다운 변화일 수 있다. 그리고 그것이 아름다울 수 있는 것은 늙어가는 이의 선택에 의해서 가능할 수 있다. '늙는다는 것'은 결국 자기 구원을 위한 선택의 대상일 뿐이다.

3.

'늙는다는 것'과 관련하여 시인 이난희의 시적 탐색이 향하고 있는 또 하나의 지점은 사랑이다. 위에서와 말한 바와 같이 '늙는다는 것'은 선택의 대상이며 그때의 선택 중 하나에 청춘의 회복이 있으며 이를 위해서는 사랑이 필요하다는 데에 그의 시적 탐색이 놓여 있다.

이난희 시인의 시작품들에서 보이는 화자의 위치를 보면 가을과 겨울이라는 시간, 그리고 창밖이 보이는 실내, 고요하고 소박한 실내 등등이다. 늙어가는 자의 서글픈 위치이다. 그리고 그들을 상징하는 대체물로는 생명력을 잃은 낙엽이나 앙상한 나뭇가지, 이내 사라지고 마는 바람 등등이 채택되고 있다. 이 또한 '늙는다는 것'은 더 이상 생명력 강한 청춘이 아니라는 뜻이다. 이러한 비유적 진술은 기억과 과거 속의 청춘이 아름다웠다는 말이기도 하고 동시에 진술 주체인 지금의 화자는 그렇지 못하다는 지적이기도 하다.

하지만 이난희 시인은 여기에 머물지 않는다. '늙는다는 것'이 탄식과 자조의 대상이라는 점을 부정하는 것은 아니지만 동시에 얼마든지 극복과 의지의 대상일 수도 있다고 말한다. '늙는다는 것'이 비록 신체적 한계에서 느껴야 하는 상실과 아쉬움일 수도 있지만 동시에 변화가 주는 이중성의 미묘한 감성을 체험하는 소중한 시절임을 잊어서는 안 된다는 것이다. '늙는다는 것'은 피할 수 없는 당위지만 그것은 형상에서만 그럴 뿐 인식 주체에게는 여전히 선택이 가능한 문제일 수 있어서, 늙은 몸에도 젊은 마음 청춘이 자리할 수 있다는 것을 분명히 밝히고 있는 것이다.

지금의 눈에는 때로 청춘이라고 하는 것이 비록 어둡고 무겁게 보인다고 해서 청춘이 닳아 없어진 게 아니라는 것이다. 청춘은 여전히 밝고 힘차게 제 자리에 굳건히 서 있을 뿐이지만, 단지 청춘을 바라보는 당신의 시선이 쇠락한 탓일 뿐이라고 말한다. 그러니 비록 당신이 다시 청춘이 될 수는 없겠지만 여전히 당신 안에 청춘을 간직할 수는 있다는 생각에 시인 이난희의 진술 초점이 놓여 있는 것이다. 잃어버린 청춘과 늙어버린 오늘 사이에서 번민하는 것은 얼마든지 있을 수 있지만, 적어도 그 번민의 향방만큼은 반드시 자신과 세상의 행복을 향해야 하며 청춘을 다잡겠다는 의지와 다짐으로 이어져야 한다는 생각이기도 하다.

"늙어가는 자여, 청춘의 아름다움은 지친 적이 없으며 여전히 빛나고 건강한 생명력으로 살아 있다. 다만 당신이 그것을 놓았을 뿐이다. 그러니 떠나라. 의지와 열정으로 당신은 당신 안의 청춘 그것을 찾아 다시 떠나야 한다."

그리고 청춘을 찾아가는 힘, 그것은 바로 '사랑'이라고 말한다. 풀과 꽃을 향한 사랑, 지혜와 경험을 소중히 여기는 사랑, 덕망과 은혜에 주저함이 없는 사랑, 공정하고 품위 있는 사랑이라면 얼마든지 청춘을 지켜 낼 수 있다고 한다. 마음이 늙지 않을 수 있는 힘이란 결국 사랑의 대한 의지와 신념이라고 시인은 말하고 있는 것이다. 그리하였을 때 비로소 '늙어간다는 것'의 의미는 더 이상 지치고 피곤한 불만으로 치우치지 않을 수 있으며, 마침내 청춘의 생명력을 고스란히 담은 채 건강하고 바람직하며 어른스러운 건강한 자아가 될 수 있다는 것이다.

몸이 '늙는다는 것'은 상실과 획득의 미묘한 접점을 통해 지금껏 경험하지 못한 혜안을 구하는 것이기에 감

사해야 할 일이고, 마음이 '늙는다는 것'은 사랑으로 극
복할 수 있는 일이며 그렇게 구한 사랑과 청춘은 비로
소 자연과 하나 되는 지경에 이르러 참된 행복을 경험
하는 것이니 이 또한 기쁜 일이라 할만하다는 것이다.

마침내 이난희 시인의 '탄로가'는 늙은이가 부르는
서러움의 노래가 아니다. 사랑으로 속이 꽉 채워진 채
먼 곳을 넌지시 바라보는 행복의 노래이다. 가을이다.
사랑할만한 계절이다.